O ABRAÇO

LYGIA BOJUNGA

O ABRAÇO

Capa e Vinhetas: Rubem Grilo

7ª Edição
1ª Impressão

Rio de Janeiro

2017

Copyright 1995 © Lygia Bojunga

Todos os direitos reservados à
Editora CASA LYGIA BOJUNGA LTDA.
Rua Eliseu Visconti, 425 - Santa Teresa
20251-250 - Rio de Janeiro - RJ
Tel.: (21) 2222-0266
Fax: (21) 2222-6207
e-mail: lbojunga@ig.com.br
www.casalygiabojunga.com.br

Printed in Brazil/Impresso no Brasil

Nenhuma parte desta obra pode ser apropriada e estocada em
sistema de banco de dados ou processo similar, em qualquer forma
ou meio, sem a permissão da detentora do copyright.

Projeto Gráfico: Lygia Bojunga
Capa e Vinhetas: Rubem Grilo
Assistente Geral: Paulo Cesar Cabral
Revisão: José Tedin
Produtor Gráfico: Roberto Gentile

CIP - Brasil. Catalogação-na-fonte
Sindicato Nacional dos Editores de Livros, RJ.

B67a 7.ed.	Bojunga, Lygia, O Abraço / Lygia Bojunga ; Capa e vinhetas Rubem Grilo. — 7.ed. — Iª impr. — Rio de Janeiro : Casa Lygia Bojunga, 2017.
	104p. : il. : 19 cm
	ISBN 85-89020-16-9
	I. Literatura brasileira. I. Título.
05-0995.	CDD – 028.5 CDU – 087.5

O ABRAÇO

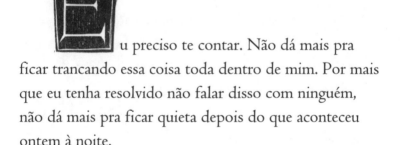u preciso te contar. Não dá mais pra ficar trancando essa coisa toda dentro de mim. Por mais que eu tenha resolvido não falar disso com ninguém, não dá mais pra ficar quieta depois do que aconteceu ontem à noite.

Deixa eu ver por onde eu começo.

Bom, acho melhor te contar de uma vez que quando eu tinha oito anos eu fui estu... não, pera aí, não: vamos deixar isso pra depois: eu ainda estou tão impressionada com o que aconteceu ontem à noite, que é melhor eu te contar primeiro da festa. Pra ver se eu esfrio, sabe, pra ver se eu me acalmo. Depois então eu te conto o resto.

Ontem foi o meu aniversário, eu fiz dezenove anos. Eu não sou muito festiva, sabe, mas quando o Jorge – o Jorge é um amigão que eu tenho –, quando ele me chamou pra eu ir à festa, ele me garantiu que eu ia curtir: era uma festa diferente: cada grupo de convidados se vestia de acordo com os personagens de um conto da literatura brasileira. A dona da festa é uma mulher que tem mania de difundir as artes, e tudo que é festa que ela dá tem um lance desse tipo. E aí cada grupo que chegava na festa representava ou simplesmente contava pros outros convidados o conto que eles tinham escolhido.

O Jorge escolheu aquele teu conto *O Abraço* e nem ligou quando eu avisei que eu era pior-que-péssima pra essas coisas: disse que eu andava enfurnada demais e que eu tinha que sair da casca e ir pra festa.

Ando. Ando enfurnada, sim; ando num parafuso medonho. Acabei aceitando o convite, achei que a festa ia me distrair.

O grupo se reuniu na casa do Jorge pra ler junto *O Abraço*, e aí a gente combinou quem fazia o que e quem se vestia de quê.

É um conto meio estranho esse teu, não é não? ainda mais com aquela misturada que você fez de gente falando com bicho, de bicho falando com planta, feito coisa que não tem muita diferença entre um e outro. Eu fiz a Samambaia, que fica vendo lá do pátio o que acontece na casa. Até que eu gostei de inventar uma roupa de samambaia e... bom, mas não é isso que interessa, o que interessa é que a gente chegou na festa, foi logo contando *O Abraço* e, quando já estava quase acabando, uma mulher levantou e falou assim:

— Desculpem a intromissão, mas tá faltando uma personagem na história: eu conheço muito bem a obra dessa escritora e sei que o conto chamado *O Abraço* tem uma personagem que não está aí presente: a Morte.

A gente ficou no maior espanto: ninguém tinha imaginado que um *festivo* daqueles ia conhecer o teu conto e muito menos se preocupar com a falta de um personagem. Mas a gente se espantou ainda mais foi com a aparência da mulher. Ela estava disfarçada que nem as mulheres da Veneza antiga se disfarçavam quando iam a certas festas: aquela máscara branca muito estranha, aquele chapéu preto de três pontas, o véu de renda, tudo igualzinho. Mesmo assim espantado, o Jorge resolveu fazer graça e falou:

— É que a Morte passa tão depressa por esse conto que não deu tempo da gente pegar ela.

Mas ninguém achou graça, e a Mulher respondeu:

— Por mais rápida que seja a passagem dela, a Morte é a personagem principal do conto. Ou será que não deu pra vocês perceberem?

A gente se olhou: será que a Mulher tava querendo dizer que a gente era ignorante? Ela continuou:

— Eu não estou ligada a livro nenhum, a conto nenhum, cheguei aqui na festa sozinha, mas como eu conheço esse conto como a palma da minha mão eu posso me juntar a vocês e figurar a Morte. Posso até fazer a cena em que ela entra na casa e a Samambaia vê. Vocês querem?

Eu vi logo que o Jorge não tinha gostado da ideia.

— Fazer a Morte *assim*? — ele perguntou —, com essa roupa veneziana?

Mas a Mulher nem se alterou:

— O guarda-roupa da Morte é vastíssimo; ela usa as vestimentas mais inesperadas, se disfarça de tudo que a imaginação pode inventar. — E sem esperar mais resposta nenhuma ela veio pra junto da gente, anunciou que ia fazer a cena que nós tínhamos pulado e começou a representar.

E foi aí que tudo começou, quer dizer, foi na hora que ela fez a cena da Morte (o nosso grupo se limitou a *contar* as cenas, mas ela, não: ela *fez*), foi nessa hora que eu comecei a me sentir completamente fascinada pela Mulher.

— Mas pera aí, pera aí: vocês pularam a cena da Morte de propósito?

— Foi.

— Ué! Por quê?

— Porque o teu conto tem sete personagens, e nós éramos seis.

— Bom, mas...

— Não, não foi por isso não.

— Foi por que, então?

— Você não vai acreditar.

— Prometo que eu acredito.

— Nenhum de nós quis ser a Morte.

— Não acredito!

— Foi, sim; juro.

— E aí mataram a minha Morte.

— Pois é.

— Mas que falta de respeito!

— Desculpa, sim?

— Não desculpo não!

— Bom...

— Deixa pra lá, conta o resto.

— O conto acabou, a festa continuou, a música começou a tocar e o grupo se espalhou. Mas eu não conseguia tirar o olho da Mulher, onde ela ia, eu ia atrás.

Ela não conversava com ninguém; escondida naquela máscara, ela deslizava de sala pra sala, numa solidão que só vendo. E eu atrás. Mas teve uma hora lá, quando ela foi pro jardim, que eu tomei coragem, cheguei juntinho dela e falei:

— Eu fiquei toda arrepiada com a cena que você fez.

— Por quê?

— Não sei. Quer dizer, eu acho que foi porque... você representou tão bem... e ficou tão forte ver a Morte assim...

— *Assim?*

— Feito você está vestida e mascarada. A primeira vez que eu vi esse disfarce (foi um quadro italiano que eu vi numa exposição), eu fiquei fascinada, sabe.

— ?

— Essa vestimenta, esse contraste assim tão forte do preto e do branco me fascina mesmo.

A Mulher ficou sem dizer nada. Mas sentou num banco. Feito coisa que estava pronta pra conversar. Eu sentei também:

— Você veio sozinha?

Ela fez que sim.

— Mas você se vestiu assim, quer dizer, você escolheu Veneza pra representar algum conto nosso?

— Não.

Eu não queria perguntar demais, mas eu queria demais saber mais daquela mulher.

— Você conhece Veneza?

Ela fez que sim.

— Você é uma mulher feliz.

Ela só me olhava.

— Eu sou encantada em Veneza, sabe, eu nunca fui lá, eu nunca saí do Brasil, mas na hora que eu tiver uma grana pra viajar eu vou direto pra Veneza; e de uma coisa você pode estar certa: eu não vou me perder lá naqueles canais, mesmo nos mais escondidinhos: já li não sei quantos livros sobre Veneza, e se é filme ou documentário passado lá eu vejo não sei quantas vezes, nem olho pros atores, só vejo aqueles palácios, aquelas janelas, aqueles canais. Tem gente que se amarra em Paris, em Londres, em Bali, mas pra mim o lance é Veneza. E o engraçado é que essa fascinação toda começou quando eu ainda era garotinha. Folheando um livro de Veneza que tinha lá na casa da minha vó.

— Eu sei.

— Sabe??

Ela fez que sim.

— Mas sabe como?

— Você já me contou isso antes.

Fiquei superespantada:

— Mas a gente já tinha se encontrado antes?

Nessa hora a música parou de tocar e uma voz anunciou no microfone que um outro grupo tinha chegado e ia apresentar um novo conto. A Mulher se levantou e foi indo pra porta da sala. Fui junto: eu estava morta de curiosidade.

— Mas, hem? a gente já tinha se encontrado antes?

— Muitas vezes. A gente brincou junta quando era criança. — Disse isso e me abraçou.

Justo quando ela estava me abraçando anunciaram que o conto que ia ser contado começava no escuro.

As luzes se apagaram.

O abraço se acabou.

E eu fiquei ali paralisada: o abraço era o mesmo! era o mesmo!! o abraço era o mesmo que a Clarice tinha me dado.

— Clarice! — eu gritei.

— Psiu!

— Clarice! — Eu tateei no escuro, querendo retomar o abraço, querendo sentir de novo a presença dela.

— Psiu!

— Clarice...

Fizeram mais psiu! e eu não disse mais nada, não me mexi mais. Meu coração tinha saído disparado de medo. Medo! Medo de não ver mais ela na hora da luz acender. Medo de ver ela na hora da luz acender.

Mas ela qual? qual das duas Clarices estava escondida atrás do véu preto, da máscara branca? qual delas?

Mais tarde eu soube que a apresentação do conto tinha sido curtíssima. Pra mim pareceu um ano o tempo que o tal grupo ficou ali falando no escuro. Quando, no fim, a luz se acendeu, a Mulher tinha sumido.

Vasculhei casa, varanda, jardim, perguntei a todo mundo. Ninguém tinha visto mais ela.

Eu fiquei quieta assim porque... tá difícil, sabe, tá difícil de mexer nisso; tá meio ruim de botar pra fora uma coisa que, ah, sei lá! uma coisa que eu passei tanto tempo resolvida que ia ficar dentro de mim.

Sabe, a coisa que mais me impressionou quando eu era criança foi o sumiço da Clarice.

Eu tinha sete anos quando a Clarice veio morar no mesmo prédio que a gente morava, lá no Flamengo. Justo no mesmo andar. A gente enturmou logo e ficou assim, ó: unha e carne, onde uma ia, a outra ia atrás.

E aí, um dia, a Clarice sumiu. Você não pode imaginar o drama que foi, quer dizer, é claro que você pode: imagina uma menina lindinha de cabelo comprido até aqui, que vai com a família passar as férias em São Pedro d'Aldeia e some num fim de tarde. Um vizinho viu ela na praia conversando com um homem, e depois disso ninguém mais viu a Clarice. Vasculharam tudo: o fundo da lagoa, o mato perto, tudo que é terreno baldio, polícia, corpo de bombeiros, associação de moradores, todo mundo buscou a Clarice, mas a Clarice nunca mais apareceu; ela tinha sete anos que nem eu. Eu acordava de noite chorando de tão impressionada que eu fiquei, Clarice! Clarice, vem brincar comigo! mas ela nunca mais veio, e um dia largaram de buscar, desistiram de esperar.

E foi no dia que eu fiz oito anos (veja só que coincidência: ontem, quando eu tive esse encontro extraordinário lá na festa, eu estava fazendo dezenove anos; quando eu fui com os meus pais passar uns dias numa fazenda em Minas eu ia fazer oito anos), e foi justo no dia do meu aniversário que eu encontrei a *outra* Clarice. A outra que, agora, volta e meia, eu me pergunto: será que é a mesma?

Pera aí, deixa eu beber esta água.

Pronto.

Um amigo do meu pai tinha comprado uma fazenda em Minas, e a gente foi passar um feriadão lá. Era novembro, e era a primeira vez que eu ia a uma fazenda. A casa era grande e velha, tinha uma porção de quartos e uma varanda comprida que se espichava pela frente da casa todinha. E tanta coisa em volta! o pomar, o galinheiro, o chiqueiro; tinha cavalo pra montar, tinha a mata, o bambuzal, tinha um campo muito verde pro gado pastar, eu fiquei deslumbrada! Tinha casa de cupim, às vezes alta assim. E quando eu passei perto da mata ouvi o grito de tanta ave. No capinzal eu não entrei porque disseram que tinha cobra. Logo no primeiro dia eu fiz um mundo de descobertas: buraco de tatu, formigueiro, casa de marimbondo, lagarto tomando sol; e quando foi ficando de noite eu vi uma lua grande saindo de dentro da mata, achei incrível! dormi ouvindo um silêncio que eu nunca tinha ouvido, numa cama diferente das que eu já tinha dormido: era de ferro e tinha um penico embaixo (o banheiro era muito longe). E de manhã cedo teve cantoria de galo,

que eu nunca tinha escutado, e depois leite tirado na
hora, que eu nunca tinha provado; e teve também um
cheiro que eu não conhecia, porque lá no meio da noite
(isso eu não vi, me contaram) o tempo virou, choveu
muito, e então tinha cheiro de terra e de capim molhado.
Que diferente que era tudo desse apartamento pequeno
onde eu sempre morei aqui no Rio.

Era tanta coisa pra descobrir na fazenda que eu
nem me importei mais de ser só eu criança no meio da
gente grande.

De tudo que eu ia descobrindo e gostando, o que
eu gostei mais de descobrir foi o rio. No dia seguinte
da chegada, na hora do calor de depois do almoço
(os grandes preguiçando num papo, se balançando
numa rede), eu saí andando pra continuar as minhas
descobertas, e lá pelas tantas, numa curva do caminho,
eu vi o rio. Largo, rio de praia na margem, imagina. Saí
correndo, quis chegar depressa naquela praia tão
diferente de todas que eu via aqui no Rio. Eu pensava
que praia era coisa só de mar, e aquela era uma prainha

pequena, estreita, se emendando na mata de um jeito tão gostoso, que a sombra de uma porção de galhos ficava balançando na água.

Já tinham me avisado pra não entrar no rio. É perigoso, disseram, a água parece mansa mas a correnteza é forte e te arrasta. Mas era tudo tão bonito que eu não resisti: fui enfiando o pé naquela areia molhada, que delícia! fui entrando dentro d'água bem devagar pra ir vendo até que pedaço do rio dava pé. A água era muito limpa (nunca mais eu vi um rio de água assim), a gente via todo o fundo, não demorou e eu vi um peixe passando. Me deu medo (peixe morde?), saí da água e me deitei de barriga pra baixo, vendo se via mais peixe passar.

Foi quando eu estava assim, debruçada na areia, que eu tive a sensação de alguém por perto. Me virei. Pareceu que um homem estava sumindo atrás de uma árvore. Fiquei olhando. Não vi mais nada.

Eu estava de cara mergulhada n'água e de olho bem aberto esperando um peixe passar, quando eu senti

alguém segurando firme o meu braço. Desmergulhei.
Tinha um homem ajoelhado ao meu lado, me segurando
feito coisa que não era mais pr'eu escapar. Mas
primeiro eu vi ele na água, entende? refletido na água,
e por um instante (muito instante e muito forte) eu tive
a impressão de que ele era um homem feito de água.
Depois é que eu virei a cabeça.

O Homem da Água estava me olhando com força.
Podia ter uns trinta anos. A cara era muito atraente (será
que foi por isso que, no princípio, eu não me assustei?),
e ele ficou me olhando daquele jeito. Sem dizer nada.
Mas a mão não querendo me largar.

Ele estava vestido do jeito que milhões de
homens se vestem, mas, naquele lugar, era um jeito tão
estranho! terno azul-marinho, camisa de colarinho e
gravata cinzenta, imagina, e tudo bem velho e surrado,
o terno, a camisa, a gravata.

O cabelo era preto e um pouco encaracolado.

A cara era muito branca, e uma barba-uma-
porção-de-dias-sem-fazer.

Aí ele tirou do bolso do paletó uma caixa de fósforos. Empurrou ela devagar com o dedo. A caixa deslizou pra fora. Eu olhei. Dentro da caixa tinha um pedaço de cabelo amarrado com uma fita vermelha.

Ele botou a caixa no chão. Pegou o cabelo com cuidado (mas a outra mão sempre agarrando firme o meu braço) e encostou ele na ponta do meu cabelo. Comparando. Olhou pra mim com uma expressão assim... como é que eu vou dizer... assim, entre contente e terna. Eu olhei pras duas pontas de cabelo e me admirei: que igual que era!

— É meu? — eu perguntei. E ele disse que era.

— E como é que ele foi parar aí dentro dessa caixinha de fósforos?

— Eu cortei um pedaço do teu cabelo.

— Quando?

— Já faz tempo.

Olhei pra ele, duvidando. Ele guardou o cabelo na caixa de fósforos; empurrou ela pra dentro com o dedo; guardou ela no bolso.

— Vem, ele disse. E me puxou.

— Aonde?

— Lá. Onde eu te cortei o cabelo.

— Mas eu não me lembro.

— Eu vou te mostrar. — Apertou a minha mão na dele, me puxou, e a gente beiradeou um pouco o rio, depois entrou no capinzal.

Ele começou a andar mais depressa. Então eu andei mais devagar. Ele me puxou pela mão. Eu parei. Ele puxou mais forte. Eu dei pra trás; olhei pra ele. Ele estava de testa franzida, me olhando. Meu coração bateu esquisito.

— Eu quero voltar pra casa — eu falei.

— Eu te levo.

— Não.

— Eu te levo, vem! — E me puxou mais forte.

A gente entrou mais fundo na mata. O sol sumiu. Me deu medo. Quis me fincar no chão. Ele me arrastou. Gritei. E mais que depressa ele tapou a minha boca. Mordi a mão dele. Ele se ajoelhou, me puxou. E me mordeu também. Na boca.

Foi susto? foi dor? Fiquei paralisada. Ele me forçou pro chão; montou em mim; desmanchou o nó da gravata cinzenta e deu um puxão nela (vai me matar?); passou a gravata pela minha boca, volteou ela uma vez, deu o nó, mas, quando foi apertar, me olhou, parou, e aí aconteceu uma coisa esquisita: o olho dele riu pra mim.

— Que bom que eu te achei — ele falou. E a cara dele ficou tão suave que o meu medo foi melhorando (ah! então ele não vai me matar...?)

— Se eu apertar esse nó, vai doer. E, desta vez, eu não quero te machucar. — Afrouxou o nó da gravata, e eu me lembro de ter pensado, como é que ele me conhece se eu não conheço ele? E assim, já de medo um pouco passado, eu perguntei, quando é que a gente se encontrou antes?

— Você não lembra? — Fiz que não. — Não *lembra?*

Eu não sabia o que que eu dizia. Ainda mais assim, de gravata roçando a minha boca e de corpo preso no dele. E ele assim: de olho dentro do meu olho.

Parecia que, quanto mais ele me olhava, menos eu ia sabendo o que que eu fazia, o que que eu sentia.

— Mas agora vai ser bom de novo, não vai? — Desenrolou a gravata. — Você não vai gritar de novo, vai? — Alisou o meu pescoço. Eu continuava parada. Ele guardou a gravata no bolso, levantou e me puxou pela mão. E a gente foi indo um tempo sem dizer nada. Às vezes eu andava com medo, outras vezes, não. Mas também não demorou muito pra ter-e-não-ter-medo: logo adiante, numa pequena clareira ali na mata, tinha um barraco de pau a pique, teto de sapê, cara de que tinha sido abandonado já fazia tempo (na certa, morada de garimpeiro, de quando eles andavam por ali procurando ouro no rio). O Homem teve que fazer força com o ombro pra conseguir empurrar a porta. O meu medo voltou de novo, agora mais forte. Puxei a mão com força, querendo escapar. Quem diz? a mão dele tinha se fechado no meu braço outra vez.

A porta se abriu, jogando um pouco de claro lá dentro. No chão tinha uma esteira, tinha uma roupa espalhada, penca de banana madura, uma garrafa de água, e tinha também uma bolsa de plástico, aberta (era pão que tinha lá dentro?), mas não vi mais nada: o Homem tinha me puxado e fechado a porta.

Senti a mão dele soltando o meu braço.

Agora eu só via o escuro.

O medo cresceu, virou pânico, quis falar, a voz não saía, quis andar, mas o meu pé parecia fincado no chão.

Ouvi o barulho da porta se trancando. (Era barulho de corrente e cadeado também?) E depois, silêncio.

Senti um peso na cabeça, me encolhi.

— Sou eu, sou eu, não te assusta. — E a mão que tinha pousado na minha cabeça começou a me fazer festa. Consegui pedir pra ele acender a luz.

— Aqui não tem luz, Clarice, isso aqui é um barraco muito ruim. Mas não fica com medo não: eu tô aqui.

— Eu não sou Clarice, eu sou Cristina, eu me chamo Cristina.

— Clarice — ele repetiu.

— Cristina!

Ele riu. Pedi pra ele abrir a janela.

— Aqui não tem janela.

— Abre a porta então.

— Depois.

—Tá escuro! — Eu não sabia se era cheiro de pão que eu estava sentindo. Mas tinha cheiro de terra, isso eu sabia. Eu estava sem sapato e o meu pé sentia a umidade do chão de terra. — Tá escuro! — eu disse de novo, e fui dizendo mais alto, tá escuro, tá escuro, tá escuro. A mão dele tapou a minha boca; a voz veio chegando pra perto do meu ouvido; fechei o olho com força, feito coisa que, não vendo o escuro, não ia mais ter escuro nenhum.

Desde a primeira vez que ele me chamou de Clarice, a lembrança da *minha* Clarice se acendeu dentro de mim; e quanto mais forte a lembrança ficava, mais eu me perguntava se a Clarice *dele* era a mesma que a minha, quer dizer, se ele estava me confundindo com a Clarice que tinha sido a minha amiga. Mas quando, enfim, eu tomei coragem e perguntei como é que era a Clarice dele, ele riu. Feito coisa que eu tinha perguntado uma bobagem engraçada. E quando eu perguntei de novo, ele só disse assim:

— Menina bonita feito você se chama Clarice.

A voz dele era sempre meio baixa, grave, sem pressa. Às vezes ele falava muito. Dizia que lá no mato era bom. Ruim era voltar pra cidade, procurar emprego, arrumar casa e comida, tudo tão difícil, não tinha mais água limpa, era tudo sujo, e acabava sempre dizendo: é melhor eu ficar aqui.

Outras vezes a voz ficava muito tempo sem dizer nada, eu só ouvia um suspiro de vez em quando. E quando eu chorava, a voz mandava: come uma banana! bebe água!

Mas, às vezes, quando eu chorava, a voz chorava também, e chorava apertado, feito querendo sair de uma boca fechada com força, e meio chorando, meio falando, a voz dizia, eu não queria fazer isso contigo, Clarice, mas eu tenho que fazer, é mais forte que eu, é mais forte que eu...

Eu me lembro também do barulho de uma chuvarada caindo. E foi com essa chuva chovendo lá fora que a voz dele falou assim, eu te prometo, Clarice, eu te prometo que desta vez você não vai morrer no meu abraço. E me abraçou mais forte que das outras vezes e entrou mais forte dentro de mim.

E no escuro que ia sempre continuando e continuando aconteceu aquele momento incrível: eu acordei e a porta estava aberta! Fiquei olhando pro claro lá fora. Um claro cada vez mais claro. Espiei pr'um lado, pra outro: ninguém.

Esperei. Esperei o Homem da Água entrar. Mas continuou tudo quieto. Levantei devagar, fui saindo pro claro. Ninguém lá fora! Fui andando. Andando. Vi o rio, fui indo mais depressa. E mais depressa. Vi a casa lá longe, desatei a correr.

Parecia que a casa nunca chegava, de tanto que eu corria e corria. Tinha gente na varanda, era a minha mãe que estava ali no meio deles? eu ainda tinha um resto de força e gritei, ei! ei! Alguém me viu, apontou, minha mãe veio correndo, nós duas assim, correndo uma pra outra, de braço estendido, pra gente se pegar mais depressa, e como a gente se abraçou!

Todos me faziam perguntas ao mesmo tempo. Mas sabe a única coisa que eu queria? Comer jabuticaba. O pé estava cheio. Pertinho ali da casa. Colhi logo uma porção. E saí da sombra da árvore e fui comer elas no sol.

Tinham visto um homem de terno escuro e gravata cinzenta saindo da mata, eu tinha visto esse homem?

Tinha.

Esse homem tinha falado comigo?

Tinha.

Tinha falado o quê?

Fui examinar outro pé de jabuticaba.

Esse homem tinha me agarrado?

Tinha.

Minha mãe não tirava o olho de mim e eu não tirava o olho das jabuticabas, que maravilha! elas se agarravam nos galhos, juntinho-juntinho uma da outra, e eu estalava elas no dente, de olho já escolhendo qual que eu ia pegar depois. E todo mundo (tinha uns cinco ou seis casais) de olho grudado em mim, querendo saber, e aí? e depois? conta!

Fui pegar mais jabuticaba, contei seis na minha mão.

Eu tinha ficado esse tempo todo com ele?

Tinha.

Onde? onde?

Joguei uma casca de jabuticaba pro lado da mata e estalei outra no dente. Eles olhavam uns pros outros;

a minha mãe tinha uma cara esquisita, feito coisa que tava morrendo de dor de ouvido.

Na mata? eu tinha ficado na mata?

Tinha.

Prisioneira dele na mata?

Tinha.

Ele tinha me batido?

Não tinha.

Ele tinha...

— Deixa ela comer jabuticaba em paz, tá bem? tá bem?! — a minha mãe berrou.

Os homens foram pra mata; as mulheres entraram na casa; fui experimentar outro pé de jabuticaba, a minha mãe foi atrás. Voltei pro sol. A minha mãe sempre atrás. Sentei no chão e ela sentou também; levantei e ela levantou; aonde eu ia, ela era a minha sombra.

Ninguém mais viu o Homem da Água... Foi a primeira impressão que ficou valendo, sabe, a impressão de que ele era feito de água. Ninguém viu mais ele. De rastro só ficou casca de banana, garrafa de água vazia e papel que embrulhou o pão.

A minha mãe teve febre, foi pra cama; eu tive dor de barriga de tanta jabuticaba que eu comi; quando tudo passou, a gente voltou pro Rio.

Eu me lembro que eu ficava muito tempo parada, olhando pro nada feito a gente diz e, às vezes, quando o meu olho andava, ele via o olho da minha mãe me olhando, feito me perguntando, é *nele* que você tá pensando? Mas aconteceu uma coisa curiosa, sabe, eu não pensava acordada no que tinha acontecido, eu só pensava dormindo, quer dizer, sonhando, e quando a gente pensa sonhando o pensamento vira do *lado avesso*, não é? e a gente vê coisas que nunca tinha visto do *lado direito*. Então, em vez do Homem da Água, era a Clarice que eu encontrava nos meus sonhos.

— A *tua* ou a *dele*?

— Não sei, aí é que está: ficou misturado. O *lado avesso* é uma coisa esquisita, não é não? a gente sente com toda a certeza o que está acontecendo, mas ao mesmo tempo não tem nenhuma informação "certinha" do que está acontecendo. Você não acha sonho um negócio fascinante?

— Acho.

— A primeira vez que a Clarice apareceu, eu vi logo que era ela. Aquela coisa de sonho que eu acabei de falar: a gente não vê direito a cara, a gente não vê direito o jeito, mas a gente *sabe* que é a fulana, que é o beltrano que está ali. Mas teve duas coisas que eu vi logo quando ela apareceu: a altura dela era a mesma que a minha, e o cabelo dela era igual ao meu... Logo-logo a gente começou a brincar. De cabra-cega, de amarelinha, disso, daquilo, e daí pra frente eu comecei a sonhar toda noite com a Clarice.

Uma vez, quer dizer, um sonho, no meio de um brinquedo de médico-que-não-salva-o-doente-e-o--doente-morre, eu perguntei pra ela:

— Você morreu no abraço que ele te deu?

— Morri.

— E morrer é ruim feito todo mundo diz?

— Não deu pra ver.

— Por quê? tava escuro?

— Não.

— Por que, então?

— Foi o abraço que não deixou eu ver. Ele tapou a minha cara.

— Por quê?

— Pra eu não ficar com medo. Ele fez assim, ó — subiu numa cadeira e me abraçou.

— Mas ele era alto assim?

— Era. E sempre assim, ó, sempre assim — arredondou os braços, num gesto de quem vai abraçar. — Quando ele é abraço de feliz aniversário, de feliz ano-novo, ele abraça assim, ó. — E me abraçou. — Quando ele é abraço de amor, ele abraça assim, ó. — E aí me abraçou com tanta força que caiu da cadeira e a gente morreu de rir. E desse sonho pra frente a gente começou a brincar de abraço:

— Como é que ele abraça quando chove?

— Assim.

— E se é domingo?

— Assim.

— E feriado? ele abraça que nem domingo?

— Quase igual.

— Mostra como ele abraça se tá escuro...

— ...e se é aula de matemática...

— ...e se tá na hora da gente acordar.

E a Clarice subia na cama, e a Clarice trepava na árvore, e a Clarice fazia cara disso, e a Clarice fazia cara daquilo, e a cada sonho que a Clarice chegava a gente inventava mais abraço. O abraço estava sempre presente, era só a gente começar a brincar que eu já dizia: chama ele. E só de olhar o jeito que ela fazia o abraço chegando, eu já sabia que era sonho de brincar de médico, que era sonho de brincar dentro d'água, que era sonho de cavar a terra pra brincar de enterro (mas se era brinquedo de enterro eu avisava logo: se você já morreu, é você que faz a morta). Sem o abraço a gente não brincava mais.

Mas uma noite, quando a Clarice apareceu, eu fiquei olhando pra ela, mal podendo acreditar: ela tinha crescido, era agora uma mulher. Ela vinha trazendo flores. Flores e uns panos que arrastavam no chão. Eu não sabia o que que eu dizia, só pensando-e-pensando: será que assim grande ela ainda vai querer brincar comigo?

Ela ficou parada. Feito ela ficava quando a gente brincava de estátua.

Começou a me dar medo: por que que a Clarice ficava assim tão quieta? então era mesmo? ela não ia mais brincar comigo?

Assim, de Clarice grande, eu fui me sentindo cada vez mais insegura. E, pra piorar, o céu escureceu, e eu não sabia se era noite ou temporal chegando.

Resolvi ir embora. Mas o meu pé se enterrou na areia (e só aí eu me dei conta de que a gente estava junto do rio).

Quis perguntar, dizer qualquer coisa. Mas a voz não saiu. E na hora que eu fui chorar o choro também estava preso.

Parou uma brisa que tinha no ar; nem folha nem flor se mexia mais.

No rio, a água também foi parando.

O tempo também: já não contava mais.

De repente me deu um estalo:

— Você tá morta de verdade!

Feito coisa que um encanto tinha se quebrado, a brisa voltou, a flor balançou, a água correu, e a Clarice pareceu que tinha acordado. Fez que sim com a cabeça e falou:

— É isso aí, Cristina: eu agora já não sou mais criança, já não dá mais pra brincar que eu não morri.

Eu estava apavorada. A Clarice chegou mais pra perto de mim e disse assim:

— Eu só vim hoje aqui pra te dar ele. — Foi arredondando os braços. — Nunca mais eu vou voltar pros teus sonhos, Cristina. Mas eu quero deixar ele contigo. — E aí... aí ela me entregou o abraço, me abraçou... comprido... e eu fiquei perplexa: eu não reconhecia ele: era uma abraço estranho, era um abraço desconhecido que ela estava me entregando e eu não sabia *de que* que eu ia brincar com ele.

Eu acho que ela viu essa estranheza na minha cara na hora que ela acabou de me abraçar:

— É pra te mostrar como é que ele abraça quando não esquece, quando não perdoa. E é esse o abraço que eu deixo pra ti, Cristina. Pra você nunca esquecer, pra você nunca perdoar o que te aconteceu aqui neste rio. — Foi indo pra trás, sumindo no escuro, dizendo de novo e de novo, é pra você não esquecer, é pra você não perdoar, é pra você nunca esquecer...

Acordei de braço trançado no peito, sentindo uma dor horrível aqui, não sabia se de angústia ou se de tanto apertar o abraço que ela tinha me entregado. E nunca mais eu sonhei com a Clarice. Nem com ela nem com o abraço.

O *lado direito* desse episódio da minha vida eu tinha esquecido logo depois que eu voltei da fazenda. Não sonhando mais com a Clarice, eu fui me esquecendo do *lado avesso* também.

Meses depois o esquecimento era total. Feito coisa que o Homem da Água nunca tinha passado pela minha vida.

Desculpa. Desculpa eu ter ficado tanto tempo assim quieta, eu estava pensando no encontro que eu tive com a Clarice, quer dizer, com aquela mulher. Você pode imaginar, não é? a aflição que eu fiquei lá na festa quando a luz se acendeu de novo, eu procurei na casa toda e não encontrei mais a Mulher. Eu já tinha ido pra festa num parafuso medonho. Aquele encontro, logo seguido de um sumiço, me deixou ainda pior. Me enfiei no canto mais escondido do jardim e chorei de me acabar. Lá pelas tantas eu escuto uma voz perguntando: posso te ajudar? A Mulher estava do meu lado. Disfarçada do mesmo jeito (ah, que vontade de olhar pra cara dela, em vez de olhar pr'aquela máscara). Sem perder um minuto

eu respondi: pode! Mas antes me diz uma coisa: você
é a Clarice, não é?

Ela ficou um tempo parada, depois fez que sim.

— A *minha* Clarice ou a Clarice *dele*?

Ela ficou outra vez um tempo quieta antes de
responder:

— As duas.

Eu podia... quer dizer, eu podia, não: eu *devia*
ter encaminhado a conversa pra ficar sabendo de uma
vez tudo que eu queria saber da *minha* Clarice e da Clarice *dele*, mas eu ando tão obcecada por *ele* (eu já
te conto por que; já-já você vai ficar sabendo por que),
eu ando tão obcecada por ele que, em vez de perguntar
pra ela tudo que eu queria saber das duas Clarices, eu
perguntei:

— Você voltou a se encontrar com ele?

— Ele quem?

— Ah, pelo amor de deus! ele, ele, *ele!* Então não
foi por causa *dele* que a gente brincou junta em tantos
sonhos? então não foi por causa *dele* que a gente ficou

tão ligada que às vezes eu até pensava que eu era você?!
e não foi por causa dele que eu fiquei achando que foi
ele que sumiu com você quando você tinha só sete anos?
então? então! só pode ser *dele* que eu tô falando, não é?
ele, o Homem da Água, e você sabe disso muito bem.
Então? você voltou a encontrar com ele?

— Não.

— Nunca mais?

— Nunca mais. Por quê?

E aí eu resolvi contar pra ela tudo que eu vou te
contar agora. Pera aí, deixa eu beber mais um pouco
d'água.

Foi no mês passado, sabe, e a gente... *a gente* é
essa turminha que foi à festa contar o teu conto, todo
sábado a gente se junta, ou pra ir a um cinema, ou pra
bater papo, ou pra ir dançar, e aí, nesse tal sábado, a
gente resolveu fazer um programa diferente e foi a um
circo que estava armado lá na Avenida Brasil. Disseram
que tinha um número genial de acrobacia e uns
palhaços muito bons.

Era a primeira vez que eu ia a um circo, imagina, quando criança eu nunca fui, nunca tinha visto ao vivo um elefante, uma girafa, e quando os palhaços entraram no picadeiro eu adorei! Primeiro vieram dois, que pareciam até de mola; um subia nas costas do outro, saltava numa cambalhota, fazia pirueta, era mesmo uma coisa muito engraçada de ver. Depois entrou o terceiro palhaço, junto com um cachorrinho branco. O palhaço estava de macacão vermelho, cheio de bolso e de botão; um gorro enfiado até o olho; um colarinho branco, largo, redondo, bem folgado no pescoço; e lá pelas tantas ele tirou o colarinho e estendeu ele. O cachorrinho deu um salto e atravessou o colarinho. O palhaço foi estendendo o colarinho pr'um lado, pra outro, pra cima, pra baixo, cada vez mais depressa, pro cachorro atravessar. E o cachorrinho não errou um salto. Parecia desenho animado.

O número foi muito aplaudido; o palhaço tirou o gorro pra agradecer e só aí deu pra ver direito o jeito que ele tinha pintado a cara. Um risco verde vinha do alto da testa, descendo pelo nariz, até o queixo, dividindo a cara em duas; numa, a boca era fina, na outra, grossa; o nariz de um lado era largo, do outro, estreito; de um lado o olho era arregalado, do outro, não; numa metade o cabelo era preto e um pouco encaracolado, na outra era louro e comprido.

E nessa hora a fazenda de Minas acordou dentro de mim. Com tanta força, que doeu. Doeu! feito coisa que eu tinha levado uma pancada no peito. O rio, a cara do Homem na água, o barraco fechado, a voz falando no escuro, os sonhos. Em vez da banda tocando, de risada e de palma, do barulho todo do circo, eu só *ouvia* a voz dele, eu só *sentia* o peso do corpo dele aqui.

O meu olho não largava mais o palhaço. Ele tinha enfiado outra vez o gorro na cabeça e o colarinho no pescoço; mal se via a cara dele. E tinha ido com o cachorro pro fundo do picadeiro, enquanto o domador de feras tomava conta da cena.

Meu coração não parava de correr de susto; o que que tinha na pintura daquela cara pra me trazer assim de volta o episódio que eu tinha esquecido?

A figura de macacão vermelho era tão grotesca que eu até custei pra pensar, quem sabe esse palhaço é *ele?* E aí eu ainda me assustei mais.

Quando o domador foi embora, o palhaço jogou um pouco de futebol com o cachorro; ajudou a desenrolar tapete; ajudou a enrolar tapete; virou cambalhota; sumiu.

E até o espetáculo acabar eu não vi mais nada: o olho no fundo do picadeiro, só esperando o palhaço voltar. Não voltou. Meus amigos me sacudiram: vam'embora! tá achando que vai ter mais espetáculo?

— Vou lá dentro — eu resolvi.

— Lá dentro aonde?

— Eu vou lá, eu quero ver os artistas de perto.

Mas a minha turma não deixou, tava todo mundo com pressa de ir pr'uma discoteca dançar. Fui indo embora meio arrastada, de tanto que, de repente, eu queria ver se era o Homem da Água que saía de dentro do gorro, da cara pintada, do macacão vermelho cheio de bolso e de botão. Caí sentada no carro. Cansada de ficar assim tão perturbada. Pedi pra me deixarem em casa.

— A essa hora? Num sábado de noite?! Tá doente?
— Tô.

Doente pra saber se o palhaço era ele ou não. E se fosse? E se não fosse? Por quê? por que que aquela cara tinha me assustado tanto?

Me deixaram em casa. Eu estava arrependida de não ter ficado no circo. Pra ver, pra saber. Nem acendi a luz; tirei a roupa, entrei na cama, eu tinha frio, eu tremia, eu não dormia: só lembrava, lembrava. Fui lembrando tintim por tintim de tudo. Resolvi que eu ia voltar ao circo. Domingo tinha matinê, e dessa vez eu ia voltar sozinha. Pra olhar à vontade pr'aquele palhaço. E voltei.

O circo tava lotado de criança, era uma zoeira danada, me sentei no meio delas, de olho no fundo do picadeiro, esperando a hora dele entrar. A aflição já tinha começado: e se o espetáculo na matinê era diferente? e se ele não aparecia? e se isso e se aquilo. Mas ele apareceu. Igualzinho. Ele e o cachorro. E começaram os dois: colarinho pra cá, pra lá, salto, pirueta, cambalhota, e, quando ele levantou a cara e tirou o gorro pra agradecer, outra vez o mesmo susto: era ele? era a cara dele que eu ia ver atrás da máscara de tinta?

Eu mal conseguia ficar sentada, de tanto desassossego, de tanto ir juntando coragem pra, no fim do espetáculo, chegar perto dele e pedir: limpa a cara pra mim? Será que o medo deixava?

Quando começou o último número o meu coração já andava adoidado. E foi assim, sem fôlego, que, em vez de sair pela plateia, eu saí pelo picadeiro, me misturei com os artistas, passei pela banda que tocava e saí do outro lado da lona. Tinha camarim, caminhonete, caminhão, jaula de bicho, bailarina passando, tinha o domador gritando, meu coração pulando e, de repente, muito mais depressa do que eu tinha imaginado, tinha aquele macacão vermelho junto do caminhão. De costas pra mim. Abaixado. O palhaço estava lavando a cara numa bacia d'água. O gorro e o colarinho no chão. A peruca loura em cima do colarinho. O cachorrinho ali perto, farejando não sei o quê.

Fui indo.

O palhaço se endireitou, pegou a toalha que estava pendurada no ombro, secou a cara e se virou.

A gente se olhou.

Foi só olhar pra ele que a lembrança da fazenda tomou conta de mim outra vez. A varanda comprida da casa, o leite espumando no curral, o rio, o cheiro da terra lá no barraco fechado.

Ele ficou parado; o olho no meu; a toalha esquecida.

Eu pensei: será que ele tava lembrando do que eu tava lembrando? será que ele tava sacando a disparada do meu coração? ou será que ele tava assim parado me olhando só porque eu estava parada olhando pra ele?

Eu tinha que escutar depressa a voz dele pra acabar com um resto de dúvida. Me abaixei e comecei a fazer festa no cachorrinho, secando a minha mão suada no pelo dele. De canto de olho eu vi o Homem enxugar de novo a mão, o pescoço, o braço. Devagar. E me olhando.

— Eu nunca tinha ido a um circo, sabe — eu disse pra ele, querendo fingir uma voz supernatural. — Eu gostei tanto de tudo que eu quis ver os artistas de perto. — Arrisquei olhar pra ele. — Achei o seu número fantástico. — A toalha ficou outra vez esquecida, ele continuava me olhando. Mas continuei falando: — É incrível como esse cachorrinho é bem ensinado! foi você que amestrou ele?

O Homem fez que sim com a cabeça.

— Eu tenho um cachorro bem parecido com esse, sabe, e eu já quis ensinar uma porção de coisas pra ele, mas ele não aprende nada, não sei se é porque eu não sei ensinar direito ou se é porque ele é mesmo bobalhão. — Dessa vez o olho do Homem riu pra mim. — Foi muito difícil ensinar pra ele tudo que vocês fazem?

O Homem fez uma cara assim de que nem tanto; e sacudiu a cabeça.

— O que eu achei mais impressionante foi a precisão dele pulando no ar e atravessando o colarinho. Como é que você conseguiu isso, hem?

O Homem fez um gesto vago.

— Ele nunca erra?

O Homem fez que não.

— Eu queria demais treinar o meu cachorro. Pelo menos pra ele sentar assim feito o seu tá sentado agora, olha só que gracinha. Qual é o conselho que você me dá pra eu começar de novo os meus treinos?

E aí o Homem começou a falar de paciência e não sei mais o quê, eu só sabia é que ele estava falando, e o resto de dúvida foi s'embora: era a voz grave, lenta, meio baixa, uma voz que não combinava nada-nada com a cara e a roupa de palhaço que ele tinha arrumado.

Abaixada assim feito eu estava, era fácil ficar de olho fechado, só ouvindo ele falar no escuro. E eu fiquei. A dúvida tinha acabado, mas a perturbação era cada vez maior: eu estava sentindo uma curiosidade enorme de conhecer melhor aquele homem. E pela primeira vez eu pensava nele como uma *mulher.*

Ele parecia mais à vontade; se abaixou pra mostrar o primeiro exercício que durante muito tempo ele tinha feito com o cachorrinho, e num dos movimentos que ele fez o braço dele roçou no meu. O meu susto foi tão grande que nem deu pra disfarçar. Eu estava sentindo o susto que eu não tinha sentido nos meus oito anos. O grande susto dos meus oito anos tinha sido: ele vai me matar? e só agora eu sentia o *outro,* e quanto mais eu me assustava mais a curiosidade aumentava. Eu queria conhecer aquele homem melhor. Pra ver se eu entendia por que que ele tinha feito aquilo comigo, pra ver se eu descobria por que que pra ele eu era Clarice. De repente, eu queria, eu *precisava* saber se a Clarice era uma menina, assim feito eu era lá na fazenda, ou se a

Clarice era uma moça, feito eu sou agora, ou, quem sabe, uma mulher mais velha que ele, por um desvio mental qualquer, tinha reduzido a uma criança indefesa? e será que eu tinha sido a única Clarice? ou será que ele andaria sempre à espreita, num lugar solitário qualquer, pra se apossar de uma outra Clarice? e depois mais outra e mais outra... e eu olhava pro colarinho, pra peruca, pras tintas, um disfarce perfeito pra nunca ninguém saber desse caminho tão escuro por onde ele andava, buscando a Clarice...

Olhei pra ele, feito querendo uma resposta pr'aquilo tudo que eu estava pensando. Ele estava parado me olhando de um jeito assim... intenso. E de novo eu tive medo: será que ele estava me reconhecendo?

O cachorrinho latiu; o Homem então olhou pra ele, começou a fazer festa nele; os dois pareciam muito amigos.

Olhei pra mão do Homem; queria ver como é que ela era (eu só lembrava da *sensação* dela). Era fina, quer dizer, estreita. E os dedos eram compridos. Olhei pro pé. Mas não deu pra ver a cara do pé: ainda estava escondido num sapato enorme de palhaço, e cada vez eu achava mais inquietante ver aquele homem tão atraente metido num resto de disfarce de palhaço.

Quando eu olhei de novo pra ele, ele estava olhando pro meu cabelo.

De repente o cachorrinho deu um salto e virou uma cambalhota no ar, feito ele fazia no picadeiro. Eu também saltei: de susto. O Homem começou a contar um outro episódio do treino que ele tinha feito com o cachorro. Mas agora ele parecia mais agitado, falava mais depressa, mais alto, olhava a toda hora pro elefante ali ao lado (não sei quem fazia mais barulho, se o elefante ou o corneteiro que estava perto ensaiando um toque de corneta), não olhava mais direto no meu olho, parecia irritado, começou a reclamar:

— Mas que barulho! que tanto barulho sempre! e esses bichos todos presos, olha só o elefante, ele quer sair de lá e não pode: preso, preso! e essa corneta que não para, e mais a moto andando naquela roda, daqui a pouco vai começar tudo de novo, puxa! ia ser bom ir pr'um lugar sem barulho. — Voltou pra junto da bacia e enfiou a cara dentro d'água. Ficou tanto tempo assim, que eu cheguei perto dele e disse: ei, você quer se afogar nessa bacia?

Ele tirou a cara de dentro d'água, mas enfiou ela na toalha (parecia resolvido a não olhar mais pra mim). E, de repente, sem pensar nem nada, eu disse assim:

— A gente podia ir conversar num lugar calmo, não podia? um lugar sem barulho?

A toalha foi descendo devagar; o olho dele apareceu. Eu estava parada, mal podendo acreditar no que eu tinha dito. Mas fiquei olhando firme pra ele. Ele não respondeu. Tirou devagar o sapato (o pé também: era estreito e muito branco); saiu de dentro do macacão (ficou de camiseta branca sem manga e de calça velha azul-marinho, essas calças de atleta, sabe); sumiu atrás do caminhão. Mas voltou logo. Trazendo umas sandálias. Calçou. Continuou assim: sem dizer nada. Me pegou pelo braço e a gente foi andando. O cachorrinho veio atrás.

Acho que foi nessa hora, acho que foi e-xa-ta-men-te nessa hora que eu entrei no parafuso que eu estou até agora.

Quando chegou a esquina, a gente dobrou. Depois dobrou noutra esquina e entrou numa rua quieta. Sempre assim, sem falar. Meu coração martelava aqui, olha. Sabe, não é? quando a gente tem a impressão que o coração tá batendo é dentro da cabeça?

Aí eu comecei a sentir uma coisa que eu achei que era cansaço, e mais uma sede que você não faz ideia.

Aí a gente passou por um barzinho meio horrível, mas que tinha mesa e cadeira. Pra meu grande, pra meu imenso alívio, ele resolveu: aqui é quieto, a gente pode tomar um troço. E pediu uma cerveja.

Se você me perguntar quanto tempo a gente ficou ali sentado sem dizer nada eu não sei.

Volta e meia a gente se olhava. E duas ou três vezes a mão dele esbarrou na minha. Quer dizer, não sei, vai ver que foi a minha que esbarrou na dele. Mas demorou pra gente... pra gente ter assim um... um encontro de mão, sabe.

Mão é incrível, não é? Puxa, mão é incrível.

Mas, sabe, na hora que o encontro aconteceu eu saquei: o que eu tinha pensado que era cansaço não era: era a minha perna amolecida, era o meu peito pesando; e o que eu tinha pensado que era vontade de beber qualquer coisa também não era: a minha sede continuava, a minha salivação aumentava; e o que eu ainda não tinha pensado que era eu comecei a pensar: era tesão dele.

E aí, claro, o parafuso emparafusou mais: eu não podia sentir o que eu estava sentindo, eu tinha que ir embora depressa. Mas a gente, quer dizer, a mão da gente não se largava mais, mão, dedo (puxa! são dez), e eu nem me lembrava mais nada do que eu queria perguntar pra ele, de tanto que eu fui me entregando pro tesão que tomou conta de mim. Não sei quanto tempo a gente ficou nisso, mas de repente ele levantou e disse assim:

— Eu tenho que me preparar pro espetáculo da noite. Começa daqui a meia hora. E leva tempo pra pintar a cara, arrumar o cabelo, fazer tudo. A gente se encontra depois do espetáculo. E aí vai ser bom. Vai ser bom. — E me beijou. Um beijo... atrapalhado, sabe. Mas forte. E falou: quando acabar o espetáculo você me encontra lá mesmo onde você foi depois da matinê. E aí fui eu que agarrei ele (como é que pode, não é?) e beijei. Feito eu nunca tinha beijado ninguém. Ele saiu depressa; o cachorrinho atrás; e eu fiquei lá parada, assim. Assim feito a gente fica, não é, quando está em estado de... de... ah, sei lá que estado é esse.

Voltei pro circo já quase na hora dos palhaços entrarem em cena. Sentei na arquibancada e esperei: entraram dois: *ele* não apareceu.

Primeiro eu pensei que ele tivesse se atrasado; depois eu fui achando que era atraso demais.

A minha sede, toda a tensão do meu corpo, foi virando angústia; nem esperei o espetáculo acabar: embarafustei pelo meio do público, me misturei com os artistas que saíam do picadeiro, corri pro lugar onde eu tinha conversado com ele, vi os dois palhaços e fui perguntar pra eles onde é que eu podia encontrar o *outro*. Não podia: ele tinha sumido. Tudo que é dele estava lá, o cachorro estava preso, mas *ele* tinha sumido.

Fiquei alucinada. É, é! se você quer saber a verdade, é isso: fiquei a-lu-ci-na-da.

Na semana seguinte eu voltei três vezes ao circo. Na esperança de que ele tivesse voltado. Nada.

Nestas últimas semanas eu gastei tudo que é grana que eu vinha juntando pra um dia ir à Itália: Veneza. Fazendo sabe o quê? Indo pra tudo que é lugar aqui perto, onde eu descobria que tinha circo funcionando. Que doideira, não é?

E foi no meio dessa angústia toda que o Jorge me chamou pra ir à festa onde eu encontrei a Clarice, quer dizer, aquela mulher. Mas justo quando eu estava contando pra ela esse pedaço da minha história, contando que eu ia de circo em circo, na esperança de encontrar ele de novo, ela cortou o que eu estava falando:

— Para! para com isso, eu não quero ouvir mais nada.

E a ordem foi tão forte, que eu parei de estalo. Aí ela mandou:

— Me abraça.

— O quê?

— Me abraça! me dá de volta aquele abraço que eu te dei no último sonho que você sonhou comigo.

— Então você é mesmo a Clarice! — E aí eu abracei ela com toda a força que eu tinha. Mas abracei do jeito que eu estava sentindo a Vida, do jeito que eu queria abraçar *ele*. Mais que depressa ela se livrou do meu abraço:

— Não foi esse o abraço que eu te dei.

— Mas é que...

— O abraço que eu te dei foi pra você não perdoar, foi pra você nunca esquecer o que ele fez contigo quando você só tinha oito anos. Não é porque você só tinha oito anos, não. Podia ter dez, vinte, cinquenta, cem, não importa! o que importa é que não existe perdão pra quem arromba o corpo da gente. — Sacudiu a cabeça assim, ó, e falou: — E você vai e transforma o abraço do não-perdão num abraço de tesão: você é mesmo uma infeliz, você merece o pior.

Eu fiquei... sei lá! eu fiquei assim meio tonta olhando pra ela, e ela pegou e disse:

— É por causa de gente feito você, gente que não tem memória, que perdoa fácil, que esse crime continua sem o castigo que merece. Tá me olhando assim por que, hem? por quê? Será que você nunca parou pra pensar que o que te aconteceu foi um crime? Crime, sim, crime! Então não é criminoso quem arromba uma casa pra se apossar do que tem dentro? e, se é preso, não é condenado? não vai pra cadeia? Mil vezes pior é o criminoso que arromba o meu corpo. Meu, meu! a coisa mais minha que existe; a minha morada verdadeira, do primeiro ao último dia da minha vida, o meu território, o meu santuário, o meu imaginário, o meu pão de cada dia, e ele vai e arromba! Nem disfarça, nem se insinua: entra na marra. Só porque tem mais força. Não, não, desculpa, eu me expressei mal: força é inteligência, força é imaginação, força é saber trincar dente quando a dor é grande, ele entra na marra porque tem mais *músculo*, e por isso, só por isso, ele me arromba, ele me rasga, ele me humilha (ele sabe que humilhação é a dor que dói mais, e pra qualquer ser que se preze não tem humilhação maior do que ser arrombado assim) e ainda arrisca na saída de me deixar um filho que eu vou ter que arrancar, uma aids que eu nunca mais vou curar. E você fica aí me olhando feito quem tá duvidando que pra *esse* arrombamento o castigo tem que ser o pior. Você é mesmo uma infeliz.

— Não, não! eu tô te olhando assim porque... sei lá! você me deixa ainda mais confusa, parece até que aquilo tudo que aconteceu comigo aconteceu foi com você. Mas, ao mesmo tempo, você fala feito coisa que...

— Mas então você pensa que só *você* tem essas histórias pra contar? Eu posso te contar dez, cem, mil

histórias feito a tua, eu posso te contar que eu tinha
sete anos e fui no verão pra São Pedro d'Aldeia, a
água da lagoa era tão mansinha que a minha mãe
deixava eu sozinha na praia, e foi lá que ele apareceu,
feito brotando da água, tão bonito que eu não tive
medo nenhum, ao contrário, fui respondendo
contente tudo que ele me perguntava, e quando eu
voltei pra casa ele veio junto e falou, sabe que tem
um elefante morando naquele mato? é mesmo?
vamos lá que eu te mostro, e me segurou pela mão, e
quando o medo chegou era tarde, a minha mãe já
tinha me explicado que estupro não tem perdão, é
crime que atinge muito fundo a dignidade humana,
feito homicídio, feito pobreza, crimes que não têm
perdão, ele me derrubou lá no mato, arrancou a
minha roupa de banho, eu ainda não entendia direito
o que que é dignidade humana e eu não sabia bem se
era o tal do homicídio ou o tal do estupro que ia
acontecer comigo, de qualquer maneira era um
crime, e eu tinha que reagir, reagi, mas ele logo, é

claro, me dominou, então eu resolvi morrer, fiz
assim aaaaaaaah e deixei a cabeça cair pr'um lado,
braço pra cá, perna pra lá, o olho fechou, me lembro
que eu mal respirava, e o tempo todo que doía
aquele homem tão grande forçando caminho pra
dentro de mim eu pensava: se eu morri, nada disso
tá acontecendo comigo, acho que eu me concentrei
tanto pra fazer bem o papel de morta que eu
comecei a achar que eu tinha morrido mesmo, ele
mandava eu abraçar ele e eu: morta; ele pegava o meu
braço, mas o meu braço caía morto pr'um lado, o
outro, morto pra outro, ele acabou falando, ei! você
tá morta? e eu nem respirava: mortíssima; quando ele
foi embora eu fiquei ali do mesmo jeito, um tempão,
criando coragem pra desmorrer, e não contei pra
ninguém o que tinha acontecido, ninguém! a minha
mãe já tinha me ensinado também que nenhum
morto volta pra contar o que aconteceu depois da
morte...

— Então... você é mesmo a *minha* Clarice?...

— Eu posso te contar que eu tinha dezenove anos, que nem você tem agora, e fui passar férias no mar, fazia vento, fazia frio, tinha umas dunas enormes na praia, eu estava lá sozinha, e já ia anoitecendo quando ele veio por trás, tapou minha boca, me derrubou na areia, me crispei com tudo que é força que eu tinha pra não deixar ele arrombar o meu corpo, esperneei, bracejei, mordi, arranhei, lutei de tudo que é jeito durante o tempo todo do arrombamento, usei cada pedacinho do meu corpo na luta, da unha da mão ao dedo do pé, do dente à imaginação, mas ele tinha mais músculo, se demorou o quanto quis na minha morada, emporcalhou tudo na saída, mas eu já tinha crescido, eu já tinha entendido direito o que quer dizer ferir fundo a dignidade humana, contei pra todo mundo o que tinha acontecido, na esperança de que pegassem ele e...

— Mas então você não é a *minha* Clarice?...

— Ô meu deus! mas que diferença faz se eu sou a Clarice-tua-amiga-de-infância-que-um-dia-saiu-de-casa-

-e-nunca-mais-voltou, ou se eu sou a Clarice-que-se-
-fingiu-de-morta, ou se a Clarice-que-botou-a-boca-
-no-mundo, ou se a Clarice-que-morreu-numa-gravata-
cinzenta, ou as mil outras Clarices que eu posso te
contar, o que que isso importa, me diz! o que importa
é que você tá sendo cúmplice de um crime...

— Eu?!

— Você e todos que calam, que perdoam, que
esquecem um crime assim.

— Ah, pera lá! você tá dura demais comigo, você
tá esquecendo que eu era uma criança.

— Mas agora não é mais! E continua esquecendo,
e continua perdoando.

— Eu não perdoei!

— Ah, não?

— Não.

— E esse tesão todo que você tá dele?

— ...

— Hem?... Responde!

— ...

— Cúmplice, sim! — Deu as costas e foi embora.

E aí, sabe, eu entrei num *outro* parafuso: devagarinho (eu já te disse que eu sou devagar pra sentir as coisas, não é?), muito devagarinho, eu comecei a me dar conta do horror que foi. O episódio da fazenda de Minas, eu quero dizer. Parece que só agora eu começo a entender direito a gravidade daquilo tudo. Só que não está adiantando: eu continuo obcecada por ele. Pelo Homem da Água. E por ela também: não paro de querer saber mais daquela mulher. A vontade de ver ela de novo ficou tão grande, que eu tô sempre falando sozinha, quer dizer, falando em pensamento tudo que eu quero saber dela. Não paro de querer olhar bem pr'aquela cara. Mas sem máscara. Sem máscara! Ah, que parafuso.

Imagina então como é que eu fiquei hoje de manhã quando o telefone tocou e era ela. Foi só ouvir *alô* e eu reconheci logo a voz. Dizendo assim:

— Sabe? o sucesso da festa onde eu te encontrei foi tão grande que já me convidaram pra uma outra festa hoje à noite. Pura imitação: os convidados se vestem a caráter, representando contos, desta vez, da literatura universal. E como nós duas curtimos Veneza, eu escolhi um conto veneziano que fala do encontro de uma mulher mascarada com outros dois personagens. São personagens secundários, falam pouco. Você quer ser um deles?

Eu nem pensei duas vezes, mais que depressa falei que queria, e só perguntei o que que eu vestia, o que que eu tinha que fazer.

— A gente se encontra um pouco mais cedo lá na festa — ela disse. — E aí eu combino contigo tudo que tem que ser feito.

— Mas, a roupa? me visto de quê?

— Escolhe a roupa que você gosta mais de usar. Eu vou levar umas flores, uns panos, e a gente arruma tudo na hora. Toma nota do endereço.

Tomei nota e ela desligou. Ainda não era meio--dia e a gente tinha combinado de se encontrar na tal casa às 8 da noite.

Aí começou uma coisa esquisita dentro de mim. Foi devagar que começou. E rolou umas três, quatro horas, até eu sacar que o que eu estava sentindo era uma premonição.

É, é! uma premonição. Intuí que ia acontecer uma coisa horrível comigo na tal festa.

Já mais pro fim da tarde eu estava numa angústia tão grande que eu mal consegui te telefonar e marcar esse encontro: eu não aguentava ficar mais um minuto sem desabafar toda essa história. Se eu continuava quieta, eu explodia. Desculpa, viu? desculpa aquela pressão danada que eu te botei no telefone pra você vir correndo até aqui, mas eu tinha! eu tinha que te contar tudo isso. Olha aí, são quase 8 horas, eu já tô atrasada, a festa é lá na Estrada da Gávea, você me leva até lá?

— Pera aí, Cristina, pera aí, essa intuição que você teve...

— Que eu tive, não! que eu tenho. Eu continuo achando que eu não devia ir a essa festa.

— Mas então por que que você vai?!

— É a única chance que eu tenho de ver a Clarice de novo.

— Como é que você sabe? ela pode muito bem te telefonar outra vez.

— E se ela nunca mais telefona?

— Bom...

— Bom o quê?! aí mesmo é que eu não me perdoo de ter deixado escapar essa chance de ver ela de novo e de fazer ela tirar aquela máscara, vem! vamos embora.

— Espera um pouco, te acalma. Se você tem uma intuição assim tão forte...

— Intuição é besteira, é besteira, vamos embora!

— Não é besteira não, calma aí.

— Mas será que mesmo depois d'eu ter te contado tudo, tudo! você não entende que eu *preciso* ver a Clarice que ela é?!

— Claro que eu entendo essa curiosidade, mas...

— É muito mais que curiosidade! é feito coisa que... sei lá... Sei, sim: é a certeza que, falando outra vez com ela, olhando pra cara dela, eu vou sair dessa confusão, desse parafuso.

— ?

— Vou, vou! eu vou ficar sabendo o que que aconteceu com a Clarice, eu vou ficar sabendo se ele é mesmo um doente, um criminoso, ou se ele fez aquilo comigo (lá na fazenda, eu quero dizer) porque... era eu.

— ??

— Ele podia ter gostado de mim, não podia?

— Mas você só tinha oito anos!

— Eu sei, eu sei, mas... olha aí a hora, eu vou chegar superatrasada, vem, vamos.

— Escuta...

— Vem! no caminho a gente conversa mais.

Mas no caminho a Cristina foi ficando quieta, cada vez mais quieta. Se eu falava, eu via que ela não estava prestando atenção; se eu perguntava, ela respondia com um sim, com um não, ou então só dava de ombros; às vezes nem isso.

Chegamos no tal endereço. Uma casa bonita, lá no alto da Gávea, jardim em volta, acabando na mata que sobe pela montanha. Estranhei:

— Pouca luz pr'uma festa, não é?

— Me espera um instantinho que eu vou ver se é aqui mesmo. — Saiu do carro, atravessou o jardim e tocou a campainha.

Fiquei espiando. Quem abriu a porta foi uma figura em preto e branco, mascarada, chapéu de três pontas, véu de renda. Conforme ela abriu a porta, os braços também se abriram, feito coisa que ela ia colher a Cristina num abraço. Mas o gesto logo se paralisou. As duas trocaram umas palavras, a figura sumiu dentro de casa e a Cristina voltou correndo pro carro. Estava nervosa, emocionada, mal podendo falar:

— É aqui, sim, é aqui. Foi ela mesma que abriu a porta.

— Eu vi.

— E eu não precisei falar nada porque ela foi logo dizendo que vai ensaiar comigo sem máscara. Parece que ela adivinhou essa aflição que eu estou pra olhar bem pra cara dela.

— Mas, Cristina, está tudo tão quieto, não parece que tem festa, nem que...

— É que a festa só começa mais tarde.

— Mas tem mais gente lá dentro?

— Tem, sim, eu vi garçom passando com bandeja, vi músico afinando instrumento, vai ter festa sim. Tchau. Obrigada, obrigadíssima! Depois eu te conto tudo que aconteceu. — Já ia correndo de volta pra casa. Mas parou. Se virou devagar pra mim e me olhou muito séria:

— Sabe como é que eu estou me sentindo depois desse desabafo todo?

— Hmm?

— Você vai achar graça, aposto.

— ?

— Eu estou me sentindo como se eu fosse uma personagem tua.

— Ué. Por quê?

— Porque você foi a única pessoa que me deu vontade de fazer isso, quer dizer, de entregar... assim... desse jeito... todo esse meu pedaço de vida.

Ficou parada. Eu pensei até que ela tinha desistido de voltar pra festa. Depois apareceu uma expressão brincalhona no olho dela:

— Vê lá se você vai acabar que nem eu, hem?

— ?

— Achando que eu sou tua personagem e me botando numa história com princípio, meio e fim.

— É, quem sabe eu volto pra casa já inventando como é que vai ser essa festa.

— Não é? — Riu e me deu um beijo. Saiu correndo, entrou na casa e fechou a porta.

Os músicos continuavam afinando os instrumentos, os garçons iam passando bandejas de copos e pratos, e, assim que viu Cristina, a Mulher chamou ela pro jardim:

— Vamos ensaiar lá que é mais quieto.

Saíram pelos fundos da casa.

O jardim se estendia ainda um bom pedaço antes de acabar na mata. Cristina respirou mais fundo o ar da noite:

— Aqui tem cheiro de terra, não é? E barulhinho de grilo também, imagina. Ih, mas que samambaias tão lindas! Olha só esta aqui.

— A história que eu vou contar é a história de uma mulher que...

Cristina interrompeu:

— Você disse que ia tirar a máscara pra gente ensaiar.

Sem dizer uma palavra, a Mulher chegou bem perto de Cristina e esticou o pescoço.

Cristina ficou ainda mais nervosa, por que que era *ela* que tinha que tirar a máscara?

A Mulher esperando.

De coração meio disparado, Cristina pegou o gesso branco; puxou a máscara.

A máscara não se mexeu.

Cristina puxou com mais força.

Nada.

— Me ajuda, Clarice.

Mas a Mulher também não se mexeu.

— Clarice, eu não tô conseguindo, me ajuda.

A Mulher imóvel.

Mas, de repente, a Mulher avisou:

— Olha ele aí chegando, o outro personagem do nosso conto.

Cristina se virou. Ficou paralisada de susto: era um palhaço de circo; o macacão, o colarinho, a peruca, tudo igual ao palhaço *dela*. Será possível que... será que era *ele?*

De olho agarrado no olho de Cristina, ele veio vindo sem pressa. E quando chegou junto dela fez um gesto de cabeça pra Mulher:

— Ela me chamou pra fazer o terceiro personagem do conto que ela quer contar. É um palhaço. Você sabia, não é?

Ah, então era mesmo ele! A voz baixa, grave, pausada, que ela tinha decorado tão bem, era ele. E o susto de Cristina se misturou de fascinação.

A voz de Cristina quis dizer que não, que não sabia; só que assim toda confundida de espanto e de encantamento a voz não saiu, e foi a cabeça que acabou respondendo: fez devagar que não.

— Ah, pensei que soubesse — ele disse. E estendeu a mão. Primeiro a mão ficou um pouco indecisa. Mas acabou indo pro cabelo de Cristina. Alisou ele com gosto. Depois foi escorregando pelo pescoço e pelo ombro e pelo peito e pelo braço, até chegar na mão de Cristina. Segurou ela firme e puxou.

Cristina vai se deixando puxar lá pro fundo do jardim. Mas, de repente, se lembra da Mulher. Empaca; olha pra trás; não vê ninguém. Grita, Clarice! Mas a mão do Homem tapa o grito depressa.

Chega na cabeça de Cristina a lembrança forte do rio passando, do cheiro de pão, da chuva batendo no teto de sapê.

A mão do Homem pula da boca de Cristina pro bolso do macacão.

O jardim já vai se desmanchando na escuridão, mas Cristina ainda vê uma gravata (cinzenta?) saindo do bolso vermelho. Quer gritar de novo, mas a gravata cala a boca do grito, e já não adianta o pé querer se fincar no chão nem a mão querer fugir: o Homem domina Cristina e a mão dele vai puxando, o joelho vai empurrando, o pé vai castigando, o corpo todinho dele vai pressionando Cristina pra mata.

Derruba ela no chão. Monta nela. O escuro toma conta de tudo.

O Homem aperta a gravata na mão feito uma rédea. Com a outra mão vai arrancando, vai rasgando, se livrando de tudo que é pano no caminho.

Agora o Homem é todo músculo. Crescendo.

Só afrouxa a rédea depois do gozo.

Cristina mal consegue tomar fôlego: já sente a gravata solavancando pro pescoço e se enroscando num nó. Que aperta. Aperta mais. Mais.

Pra você que me lê

Hoje venho de novo a este espaço que criei nos meus livros — espaço reservado pra te contar uma coisa ou outra da história que você está lendo ou já leu — pra falar um pouco da minha relação com aquela que atravessa as páginas d'*O Abraço* e de *Nós Três*: a Morte. Esses dois livros formam o meu par sombrio.

Por que *par sombrio?* querem saber, quando eu falo deles. Porque várias vezes a Morte esteve presente nos meus livros, mas nunca de maneira tão sombria feito n'*O Abraço* e em *Nós Três*.

Muitas vezes me perguntam por que que a
Morte *aparece* tanto nos meus livros, e eu sempre acho
curioso que, na maioria das vezes, os leitores se referem
à Morte aparecendo, e não acontecendo. Mesmo que
não estejam se referindo a um aparecimento explícito,
como n'*O Abraço*, em *Nós Três* e n'*O Sofá Estampado*,
quase sempre se referem ao aparecimento da Morte,
e não ao *acontecimento* da Morte.

Acho até que essas perguntas têm um peso na mania
que peguei: venho me acostumando a pensar na Morte
como uma minha personagem e não como "patrimônio"
irremediavelmente universal. Tanto isso é verdade, que,
se agora me perguntam por que que ela aparece tanto
nos meus livros, nem penso duas vezes pra responder:

— Porque a gente se conhece desde pequena.

— Porque ela me visita sempre.

— Porque eu já briguei muito com ela.

— Porque um dia ela me salvou...

Muitas vezes fico achando, pela cara de quem
formulou a pergunta, que a minha resposta não foi

nadinha satisfatória... Então, hoje, ao começar a escrever este *Pra você que me lê*, eu pensei: quem sabe é dia e hora de encompridar um pouco as minhas respostas? Então venho te contar o seguinte:

Quando eu era bem pequena (devia ter uns seis anos) ouvi uma conversa da minha mãe com uma amiga; uma conversa que aguçou meu ouvido porque as duas estavam falando de mim. A amiga, se desculpando pela franqueza, expressava uma certa preocupação de ver "uma menina deste tamanhinho falando de morte do jeito que ela fala e brincando de morte feito quem brinca de pular amarelinha". De fato: eu gostava muito de brincar de morte. Ou melhor, com a Morte. Tudo que é boneca que eu tinha morria; cachorro, urso e coelho de pelo fabricado morriam também. E toca a fazer enterro! Muitas vezes os mortos ressuscitavam. E toca a desenterrar e ver o que que tinha acontecido com eles depois de mortos. Vários morreram afogados na banheira e no tanque de lavar roupa. Outros, que eu não gostava, ficaram enterrados pra sempre na terra do quintal e do jardim. Se gente grande começava a falar na morte de um fulano, de uma beltrana, eu logo ia chegando pra perto... Mas minha mãe nunca viu nesse interesse nenhum sinal de morbidez. Achava, isto sim, que "ela sente uma curiosidade, quem sabe até um pouco exagerada, pelo assunto", e quando dizia isso dava de ombros "como ela sente por tudo que nos pertence". Esse *nos pertence* eu aprendi logo a traduzir: assunto de gente grande. E ouvindo esse comentário, que tantas vezes eu ouvi minha mãe fazer, me apeguei ainda mais à noção de que a Morte era propriedade dos grandes. Mesmo sabendo, de sobra, que gente pequena, boneca e cachorro também

morriam. Acho que quando pequena eu podia ter me encaixado muito bem naquela célebre história de que "eu era feliz e não sabia": passei boa parte da minha infância contestando ser criança, convencida de que o bom da vida era ser grande. Nada de admirar, então, que, desde pequena, eu me empenhasse tanto em "ficar amiga da Morte".

Já te contei no *Feito à Mão* dos grandes papos que eu batia com os botões que encontrava no material de costura da minha mãe. Foi lá que começou o meu gosto de inventar personagens e dialogar com eles. Logo que aprendi a escrever, comecei a garatujar umas historinhas, na base do eu-disse-isso-ela-disse-aquilo-eu-fui-e-falei-ela-virou-e-disse. Não tardou e eu já brincava de inventar uma historinha onde a Morte também aparecia; isto é, a Morte virava personagem.

> Que pena! eu não sabia que eu era tão feliz que até a Morte eu buscava com naturalidade pra brincar comigo e pra me dar prazer. Sem nunca imaginar o quanto, mais tarde, ela ia me fazer sofrer.

Mas um dia a "minha amiga Morte" começou a me meter medo. E foi justo daí pra frente que ela meçou a me visitar com frequência.

Na casa em frente à que eu morava (estou ainda falando da minha primeira infância, lá no Extremo Sul do Brasil; e, naquele tempo, Pelotas era uma cidade pequena, onde quase todos se conheciam e onde a vizinhança era sempre uma presença marcante na vida das pessoas), um dia, na porta da casa em frente, surgiu um fumo. Era assim que a gente grande se referia ao crepe escuro que era preso no alto da porta de entrada da casa, simbolizando o luto que tinha se estabelecido na morada. Era época do minuano soprar violento, quando, da minha janela, eu vi o fumo esvoaçando e, em seguida, minha mãe comentando em voz baixa: tuberculose. Era um tempo em que a tuberculose ainda matava feito o câncer mata hoje. Com uma agravante: altamente contagiosa.

Era inverno; era minuano soprando; eram as mulheres e as crianças recolhidas em casa; era o contágio se alastrando; e era eu achando que a Morte era colega pra brincar.

A Morte foi, sim, colega, mas na casa em frente, onde o fumo esvoaçava: foi matando, por contágio, um por um da família, mulher, homem, criança, a idade não importava.

Em casa, a conversa dos grandes girava em torno da Morte, porque, mal o fumo era tirado da porta da casa, pouco depois já voltava, testemunhando que a Morte tinha ido buscar mais um.

Quando vi um caixão pequeno saindo da casa em frente levando um menino mais ou menos da minha idade, e quando vi o horror na cara dos grandes, e quando senti o medo que tinha na voz deles ("até quando essa doença vai nos matar?!"), comecei a pensar na Morte como uma inimiga, como alguém que a gente tem que combater. Perdi a espontaneidade de lidar com ela; passei a nutrir o medo que os grandes sentiam dela.

Um dia li num livro chamado *Contos Populares* a historinha bem terrível de um lenhador muito pobre, que certa tarde vai cortar lenha no mato e dá de cara com a Morte esperando por ele. E o pior é que a história era ilustrada com a célebre imagem da Morte representada por um esqueleto empunhando uma foice de cabo longo. O lenhador começa a tremer, mas a Morte é implacável: arrasta ele pelos cabelos e ainda tem o descaramento de afiar a foice numa pedra do caminho. Essa história, aliada às histórias horríveis de purgatório e de inferno que uma "professora" de religião me contou tempos depois (afirmando que tudo aquilo ia me acontecer no inferno se eu não seguisse direitinho os mandamentos da Igreja), deu o toque final no medo que eu passei a ter da Morte. Resolvi que nem pensar eu pensava mais nela...

> Eu era tão feliz sendo criança (e, que
> pena!, eu não sabia), que eu também
> não sabia que o que está resolvido
> hoje se desresolve amanhã, assim, ó,
> rapidinho).

E, de fato, depois de um tempo sem pensar mais nela, eu voltei a pensar nela.

Assim: agora eu sou uma adolescente; a paixão

que Lobato me fez sentir pelo LIVRO se consolidou: virei uma leitora voraz; e foi como adolescente que tive dois intensos casos de amor literário: Dostoiewski e Edgar Allan Poe – dois escritores que viviam às voltas com a Morte. Acho que foi daí pra frente que ela começou a me visitar com a frequência com que me visita até hoje. Não mais pra brincar comigo; tampouco mais pra me apavorar; ela deu pra me aparecer feito esfinge: decifra-me ou te devoro; e essa fachada enigmática da Morte agora me causava total perplexidade. Eu queria demais entender, eu *tinha* que entender por que que, amando a vida do jeito que eu amava, sentindo a vida pulsar em mim toda do jeito que eu sentia, e já empenhada na construção de "mil castelos" que eu ia levantar vida afora – por quê? por quê? por quê! – que eu tinha que viver à mercê da Morte? Por que que, na hora que ela cismasse que era a *minha* hora, eu não ia poder lutar: a única arma ao meu alcance seria a que é dada a todos: molenga e sem originalidade: a resignação. Tamanha impotência caminhando assim, lado a lado com o vigor da Vida, me enchia de perplexidade, de dúvidas, de qual é o sentido? Eu queria saber mais da Morte, não só pra tentar decifrar o enigma que ela me apresentava, mas também, com isso, me aparelhar melhor pra Vida.

Pouco a pouco fui me habituando com as visitas da Morte. E como sempre achei que pensar (seja qual for o tema escolhido) é uma ocupação muito prazerosa, um dia pensei que — talvez — alimentando as visitas, isto é, pensando mais e mais nela, a gente podia acabar meio íntima, quem sabe até eu voltava a tratar ela com a naturalidade com que eu tratava antes, quando eu era bem pequena... será?

Mas foi mais difícil do que eu pensava: eu fui perdendo o medo dela me levar, mas, em compensação, fui tendo cada vez mais medo que ela levasse um ser amado. Um medo que nasceu da intuição (quando vi meu pai muito doente) de que perder um ser amado é dor que dói demais.

A intuição estava certa: mais de uma vez senti a dor. Feriu tanto que, até hoje, apalpando, dói. E cada vez temo mais ter que sentir o que se repetiu no passado: a dor de perder um ser amado.

Em várias fases da Vida a gente brigou feio, a Morte e eu. E quase sempre depois da briga eu tomava uma resolução que julgava inabalável: "Pro inferno com essa tal de Morte! já tô por aqui com essas visitas!"

Mas um dia, surpreendentemente, ela me salvou. Assim:

Ao experimentar outro tipo de dor, que dói tanto (e, às vezes, mais) –, a dor de perder um ser querido levado pela Vida e não pela Morte (...) –, não esperei mais visita nenhuma: tomei a decisão de ir morar com ela. E fui atrás dela. E aconteceu o imponderável: ela me deu as costas. Insisti; me empenhei. Ela se irritou, me empurrou. E, com o jeito mais natural do mundo, deu o braço pra outro caminhante que ia passando e levou ele no meu lugar. Igualzinho feito ela fez com o Vítor n'*O Sofá Estampado*: em vez de levar ele, escolheu o Inventor. Porque ela é assim mesmo, cheia de caprichos; age sem critério nenhum na hora de escolher companhia, não tá nem aí pra idade ou sexo, alegria ou dor, resolve que quer aquele e pronto; resolve que não quer aquela e pronto: não me quis.

Tempos depois, quando ela apareceu de novo pra uma visitinha informal, tive mais é que agradecer a não-preferência. E confessei nunca ter imaginado que uma recusa desse tipo pudesse ocasionar um renascer tão aliviado.

Aos trancos e barrancos, de visita em visita, ora brigando, ora nem tanto, ora até agradecendo, acho que acabei readquirindo boa parte daquela naturalidade inicial de quando eu brincava com ela.

Numa das viagens que fiz ao México, me diverti com a maneira como eles comemoram o Dia dos Mortos. Dançam. Cantam. Riem. (Bebem bastante também.) Se fantasiam e se mascaram, fingindo que são mortos e fingindo que são a Morte. Em resumo: brincam.

É possível que esse tipo de comemoração também tenha me influenciado a querer de novo brincar com ela. Acho mesmo que — seduzida como sou pelo jogo de criar personagens — querer transformar a Morte numa minha personagem (como quis n'*O Abraço*, e como quero na minha própria vida) é, não só, parte do jogo sedutor, mas também uma outra maneira de recriar minha infância.

Não vou te falar aqui do "crime que não tem perdão". Acho que a narrativa d'*O Abraço*, é tão explícita e veemente que qualquer outra consideração sobre esse tipo de crime transbordaria o copo...

Vou ainda te falar rapidinho, isso sim, do *Pra você que me lê* que escrevi pro *Nós Três* – livro que forma com *O Abraço* o que batizei de meu *par sombrio*. Lá eu conto as razões que me levaram a repetir aqui, nas páginas inicial e final da narrativa, a tarja que marca os inícios dos capítulos de *Nós Três*: pequeno vínculo visual criado pra simbolizar o luto que toma conta das páginas do meu *par*. Lá também eu assinalo a intenção de, no futuro, caso a Morte se faça outra vez presente na minha escrita, ela apareça como nos meus outros livros, que não o *par*: deixando brechas para a esperança e a valorização da Vida.

Até nosso próximo encontro—

Lygia

Rio, abril de 2005.

OBRAS DA AUTORA

Os Colegas - 1972
Angélica - 1975
A Bolsa Amarela - 1976
A Casa da Madrinha - 1978
Corda Bamba - 1979
O Sofá Estampado - 1980
Tchau - 1984
O meu Amigo Pintor - 1987
Nós Três - 1987
Livro — um Encontro - 1988
Fazendo Ana Paz - 1991
Paisagem - 1992
Seis Vezes Lucas - 1995
O Abraço - 1995
Feito à Mão - 1996
A Cama - 1999
O Rio e Eu - 1999
Retratos de Carolina - 2002
Aula de Inglês - 2006
Sapato de Salto - 2006
Dos Vinte 1 - 2007
Querida - 2009
Intramuros - 2016

006415

Este livro foi composto na tipologia Centaur, no corpo 13,5.
A capa em papel Cartão Supremo 250 g e miolo em papel Pólen Bold 90 g.
Impresso na Gráfica Armazém das Letras Ltda.